Johanne Gagné

La planète Jojo

Illustrations
de Loufane

la courte échelle

Les éditions de la courte échelle inc.
5243, boul. Saint-Laurent
Montréal (Québec) H2T 1S4

Directrice de collection:
Annie Langlois

Révision:
Sophie Sainte-Marie

Conception graphique:
Elastik

Mise en pages:
Pige communication

Dépôt légal, 1er trimestre 2006
Bibliothèque nationale du Québec

La courte échelle reconnaît l'aide financière du gouvernement du Canada par
l'entremise du Programme d'aide au développement de l'industric de l'édition
pour ses activités d'édition. La courte échelle est aussi inscrite au programme
de subvention globale du Conseil des Arts du Canada et reçoit l'appui du
gouvernement du Québec par l'intermédiaire de la SODEC.

La courte échelle bénéficie également du Programme de crédit d'impôt
pour l'édition de livres — Gestion SODEC — du gouvernement du Québec.

Catalogage avant publication de Bibliothèque et Archives Canada

Gagné, Johanne

   La planète Jojo

   (Mon roman; MR23)

   ISBN 2-89021-1785-X

   I. Loufane.   II. Titre.   III. Collection.

PS8563.A253P52 2006   jC843'.6   C2005-942234-3
PS8563.A253P52 2006

Imprimé au Canada

Johanne Gagné

Née à Montréal, Johanne Gagné vit en France depuis quelques années. Elle a travaillé dans le domaine de la chimie avant de se consacrer à l'écriture. Grande sportive, Johanne pratique la course à pied et la plongée sous-marine, et elle est responsable d'une équipe de hockey sur glace. Le reste de son temps, elle le partage entre la lecture, la biologie et l'archéologie sous-marine. À la courte échelle, elle a déjà publié *Le loup est devenu fou !* dans la collection Albums.

Loufane

Loufane est née en Belgique et elle vit à Montréal depuis quelques années. Elle a étudié à l'Institut supérieur des beaux-arts Saint-Luc, à Liège. Depuis, elle a illustré plusieurs albums et collaboré à des magazines. Elle a même signé le texte et les illustrations de deux albums. *La planète Jojo* est sa deuxième collaboration avec Johanne Gagné, dont elle a illustré *Le loup est devenu fou !* publié dans la collection Albums.

De la même auteure, à la courte échelle

Collection Albums
Le loup est devenu fou!

Johanne Gagné

La planète Jojo

Illustrations
de Loufane

la courte échelle

À trois petits terriens :
Émilie, Camille et Antoine.

Introduction

Vivre sur une planète entièrement recouverte d'eau, ce n'est pas tous les jours rigolo, même pour un extraterrestre… C'est pourtant le cas des Zôs, les habitants de la planète Akoua.

Toujours mouillés, ils arrivent à la fin de l'année complètement ratatinés. C'est pourquoi, après trois cent vingt-huit jours, ils doivent muer. Ainsi, ils se débarrassent de leur vieille peau qui les gêne vraiment trop.

Ils partent donc sur une petite planète désertique où il fait chaud et sec : la planète Mûta. Quel remue-ménage spatial ce jour-là !

Chaque Zô monte dans son petit vaisseau rempli d'eau. Cette eau sert à protéger le Zô des secousses lorsqu'il voyage à grande vitesse. Confortablement installé, il enclenche le pilote automatique et se laisse conduire.

Sur Mûta, chacun prend la place qu'on lui assigne. Pas de discussion ! La population zô a tant augmenté que les emplacements sont devenus rares. Les Zôs sont couchés sur le sable, alignés les uns à côté des autres.

Pendant quatre longues journées, ils sèchent. Puis vient le moment de délivrance. La vieille peau se détache. Le Zô, tout lisse et beau, retourne alors chez lui faire trempette jusqu'à l'année suivante.

Ainsi va la vie. C'est la tradition depuis des milliers de générations. Mais aujourd'hui, Jojo, du haut de ses neuf ans, en a décidé autrement.

Chapitre 1

Jojo n'aime pas la trop petite planète Mûta. S'y entasser, chaque année… quelle corvée ! Jojo s'est donc mis en tête de trouver un nouvel endroit. Une planète où son peuple pourrait vivre et muer tout à la fois.

C'est pourquoi Jojo a décidé de fuguer. Elle est accompagnée de son crapaud extraterrestre Croa qui, lui, n'a pas le choix. Sans prévenir, Jojo coupe le pilote automatique de son vaisseau. Et

zip ! il change de trajectoire, pour ensuite disparaître des écrans radars.

— Attention, nous voilà ! À nous l'Univers, mon Croa ! Et ne t'inquiète pas, tous les Zôs partent pour Mûta, explique Jojo à son crapaud. Un long moment passera avant qu'ils remarquent que nous ne sommes plus là...

Pouf ! Le vaisseau réapparaît dans un nouveau système solaire. Au loin, Jojo voit une étoile très brillante. Elle sent la chaleur de ses rayons sur son visage. Elle ferme les yeux et profite de cet instant bienheureux.

— Frrais attention au météorite ! lance Croa, affolé.

— Calme-toi, Croa ! répond Jojo, énervée. Je l'ai vu...

D'un coup de manette, elle contourne le météorite. Elle ne voit que de la poussière et des cratères ! Rien d'intéressant, mais derrière...

— Ouah ! Regarde, Croa, la belle planète que voilà ! Elle est bleue comme la nôtre ! Tiens-toi bien, on va voir cela de plus près !

Jojo effectue un looping et met le cap sur la planète bleue. Croa lui lance un regard noir. Les mouvements brusques lui donnent la nausée. Et sa peau se met à boursoufler. En quelques secondes, Croa devient aussi rond qu'un ballon. Jojo sourit et lui dit :

— Détends-toi un peu, mon vieux. Regarde, c'est si beau ! On l'appellera la planète Jojo !

— Pourqurroi pas la planète Croa ? demande alors le crapaud.

— Quoi ? Une planète avec un nom de crapaud ! s'esclaffe Jojo.

Croa, vexé, se met à bouder.

Chapitre 2

Le vaisseau des deux amis entre dans l'atmosphère et traverse plusieurs couches de nuages. Jojo manœuvre comme un chef. Elle survole de grandes montagnes enneigées et d'immenses forêts. Il y a tant à voir ! Jojo n'a pas assez de ses trois yeux pour tout regarder.

Elle passe ensuite au-dessus d'un désert quand, tout à coup, elle frôle l'aile d'un petit avion postal. Son vaisseau se retrouve projeté à des dizaines de mètres plus bas, tourbillonnant dans tous les sens.

— Au secrrours ! hurle Croa, nauséeux.

— Je fais ce que je peux ! lance Jojo à son crapaud.

Son vaisseau vrille et perd de l'altitude à chaque seconde.

Jojo tente désespérément de reprendre le contrôle de son engin.

De son côté, le petit avion postal est violemment secoué. Le pilote scrute le ciel. Rien à signaler ! Pourtant, il n'a pas rêvé. Perdu dans ses pensées, il ne voit pas qu'un colis vient de tomber d'un de ses sacs de courrier…

Chapitre 3

De justesse, Jojo parvient à poser son vaisseau dans le désert. Encore secouée, elle demande à Croa s'il est blessé.

Croa, plus vert que vert, est à bout de nerfs.

— Tu crronduis crromme une folle ! lui répond-il.

Puis il continue de bouder.

— Ha ! c'est facile de critiquer ! lance Jojo. J'aurais bien voulu t'y voir. Arrête de bouder, ce n'est pas ma faute !

« Qu'est-ce qui a bien pu nous arriver ? » pense Jojo. Elle regarde à l'extérieur par un hublot. Elle ne voit que du sable. Mais, soudain, un de ses trois yeux est attiré par un objet. Intriguée, elle décide de sortir voir ce que c'est.

Jojo doit conserver l'eau du vaisseau pour la suite du voyage. Avant de sortir, elle transvide toute l'eau dans un réservoir spécial, placé sous le plancher. Quand la manœuvre est terminée, Jojo ouvre la porte et sort.

— Ouf ! Il fait chaud sur cette planète. C'est idéal pour muer ! dit Jojo. Continue de bouder, Croa. Moi, je vais me promener.

Jojo sautille sur un pied, puis sur l'autre, car le sable est très, très chaud. Lorsqu'elle atteint l'objet aperçu plus tôt, elle approche doucement la main.

D'un seul coup, ses doigts humides et ratatinés collent à l'objet. Surprise, elle secoue sa main afin de s'en détacher, mais en vain. Elle s'affole et agite sa main avec encore plus de force. Après de nombreux efforts, elle se libère enfin.

De l'emballage, entièrement déchiqueté, tombe un magnifique livre d'images. Le livre reste là, par terre. Jojo, toujours aussi énervée, enlève les morceaux de papier collés aux bouts de ses douze doigts.

Craintive, elle ramasse le livre et court s'asseoir à l'ombre de son vaisseau. Elle tourne les pages et voit des images de bêtes plus ou moins étranges. « Ce sont sans doute les habitants de la planète Jojo », songe-t-elle.

Jojo est si fascinée qu'elle ne voit pas le temps passer. Le soleil descend derrière les dunes, et un vent violent se met à souffler. C'est une tempête de sable !

Jojo n'a pas assez de ses deux mains pour protéger tous ses yeux. Paniquée, elle retourne dans le vaisseau et échappe

le magnifique livre qui, en un instant, dis-
paraît sous le sable.

— Misère ! Je ne vois plus le livre !
Croa, le vois-tu, toi ?

Mais Croa est encore en train de
bouder.

« Qu'est-ce que j'ai fait pour avoir un crapaud aussi soupe au lait ? pense Jojo. J'aurais tant voulu rapporter ce livre d'images sur notre planète pour prouver aux Zôs notre découverte. Sans ce livre, personne ne me croira jamais... »

Puis une grosse bourrasque renverse le vaisseau et l'ensable jusqu'aux hublots.

Chapitre 4

À toute vitesse, Jojo ferme la porte de son vaisseau.

— Vite, plus vite ! Il faut se dégager de cet endroit, sinon on finira enseveli s ! ronchonne Jojo.

Les moteurs sont étouffés par le vent et le sable. Un jet de fumée finit par s'échapper du réacteur principal. Le vaisscau prcnd de l'altitude.

— Ouf ! Un peu plus et on y restait ! marmonne Jojo.

Calmée, elle se laisse aller et profite du bien-être que lui procure l'eau. Sa peau s'assouplit et ses yeux, irrités par le sable, picotent moins.

Croa ne boude plus. Heureux, il nage à l'aide de ses grands pieds palmés et tourne en rond dans le vaisseau.

— Hé, Croa ! Cesse de passer devant moi quand je pilote. Je n'y vois rien !

Jojo survole le désert un bon moment, puis arrive au-dessus de l'océan. Elle est émerveillée par tant de beauté. Toute cette magnifique eau bleue ! Elle n'en croit pas ses yeux.

N'écoutant que son cœur, Jojo se dirige vers l'eau et plonge. Le vaisseau est alors transformé en sous-marin. Les deux amis se baladent ainsi, au gré du courant.

— Ho ! C'est encore plus beau vu d'ici ! s'exclame Jojo.

Le spectacle est grandiose ! Croa, médusé, en est bouche bée. Il plaque son museau contre le hublot et regarde le paysage défiler. Des coraux rouges, des anémones jaunes et des éponges marron, vertes ou violettes… Les fonds marins sont riches en couleurs ! Et des poissons, il y en a à profusion !

Jojo et son crapaud se promènent. Ils explorent ce nouvel environnement, quand Croa hurle :

— C'est qurroi ça ?

Un œil immense les regarde par un hublot. Afin de se débarrasser de ce voyeur, Jojo accélère et change de direction. La manœuvre est réussie, et ils s'éloignent rapidement.

À bonne distance de la créature, Jojo et Croa découvrent que le gigantesque œil appartient à une bête aussi imposante qu'étrange. Elle possède une tête géante, à laquelle sont rattachés une multitude de longs bras.

— Qu'elle est mignonne ! lance Jojo.

Croa n'est pas convaincu de cela. La bête est si énorme, et lui est si petit… « Il vaudrait mieux éviter les ennuis et ne pas s'en faire une ennemie » se dit-il.

Mais cette bête est de nature très curieuse. Elle revient coller son œil au hublot pour les espionner.

— Ne t'en fais pas, Croa. Accroche-toi, on va bien s'amuser !

D'un coup de manette, Jojo contourne la bête et se cache derrière elle.

Surprise, la bête pivote sur elle-même à l'aide de ses tentacules. Coucou ! Elle les a débusqués.

Jojo repart se cacher. Il s'ensuit un époustouflant jeu de cache-cache sous-marin. Jojo s'éclate, tandis que Croa reste inquiet.

Chaque fois, la bête les retrouve et

se poste devant le hublot. Croa en a vraiment assez de ce petit manège. Il veut que cela s'arrête.

Il étire sa très longue langue et, d'un coup sec, la colle contre le hublot. La bête est terrifiée ! De sa vie, elle n'a jamais vu une aussi vilaine grimace. Pour riposter, elle leur jette un immense nuage d'encre noire.

— Qui a éteint la lumière ? demande Jojo pour détendre son crapaud.

Croa ne rigole pas. Tout autour d'eux, c'est la nuit. Ils n'y voient plus rien. De peur que leur vaisseau se fracasse sur les rochers, Jojo réduit la vitesse des moteurs. À mesure qu'ils avancent, la visibilité s'améliore. Quand l'eau devient claire, Croa constate avec soulagement que la bête est partie.

— Allons, fini de nous amuser ! annonce Jojo. Il y a tant à explorer sur cette merveilleuse planète.

— C'est cela… répond Croa.

Jojo fait tourner les moteurs à pleine puissance et propulse son vaisseau hors de l'eau. Elle se dirige ensuite vers les terres. Dans une clairière, elle découvre une coquette maison de pierres. Jojo décide de s'y poser.

— Ça ne vrra pas, la tête ? s'écrie Croa, paniqué.

— Sois sans crainte ! À plat sur la cheminée, on ne peut pas glisser, répond Jojo pour le rassurer.

Son vaisseau immobilisé, Jojo transvide l'eau dans le réservoir. Puis elle ouvre la porte. Étonnée, elle entend une multitude de bruits. Ce sont les oiseaux, les grillons, ainsi que le murmure de l'eau d'une rivière…

« Comme c'est beau ! On dirait de la musique ! » pense Jojo.

Tout près d'eux, une fenêtre est grande ouverte.

— Voilà une gentille invitation. Viens, Croa, entrons !

— Sans frraçon… Je reste ici pour surveiller le vrraisseau.

— Parce que tu crois que je vais te laisser là, monsieur le crapaud paresseux ?

D'un geste rapide, Jojo attrape Croa et le met dans la poche de sa combinaison.

— Tu es maintenant de la visite, mon vieux !

Chapitre 5

Prudemment, Jojo et son crapaud entrent par la fenêtre.

— Regarde, Croa ! Il y a des dizaines de livres d'images ! s'émerveille Jojo. C'est fantastique ! Admets que cette sortie en valait la peine…

Toujours aussi boudeur, Croa fait la sourde oreille. Jojo poursuit :

— Je sais que tu t'en moques, mais nous ne partirons pas sans avoir trouvé le plus beau livre. Et puis nous devons en apprendre plus sur les habitants d'ici. Alors cesse de bouder et cherche avec moi !

Croa saute de la poche de la combinaison de Jojo et fait le tour de la pièce.

Une pièce entièrement rose. Il y a une moquette rose, un lit avec cinq petits coussins roses, des rideaux roses, un pupitre rose, une lampe rose et une

bibliothèque rose.

Croa saute sur le lit comme sur un trampoline. Pendant ce temps, Jojo, assise par terre, feuillette les ouvrages un à un.

Après avoir hésité un moment, elle choisit un album où l'on voit des quantités de bêtes. À poils ou à plumes, certaines marchent sur deux, quatre ou même mille pattes ! Il y en a qui volent, tel son vaisseau. D'autres nagent, pareilles aux magnifiques poissons vus dans l'eau. Et comme Croa, certaines vivent sur terre et dans l'eau tout à la fois.

« Ces bêtes, bien que différentes, vivent toutes ensemble. Une variété de plus ne changerait pas grand-chose », songe Jojo.

Emballée par cette idée, elle décide de vite retourner sur Akoua pour convaincre les Zôs de venir vivre ici. La moitié du temps sur la terre, l'autre dans l'eau ; finis les problèmes de peau ! Même plus besoin de muer. Les Zôs auront une peau douce et satinée toute l'année.

Jojo est si absorbée dans ses pensées qu'elle n'entend pas la petite Émilie qui monte l'escalier. La porte s'ouvre et la fillette entre dans la pièce.

Terrifiée par l'aspect d'Émilie, Jojo retient son souffle et devient aussi rose

que la moquette. Comme les caméléons, les Zôs ont un pouvoir de mimétisme. Ils changent de couleur pour se camoufler. Mais ce n'est pas du tout le cas de Croa qui continue ses pirouettes sur le lit d'Émilie.

— Qu'est-ce que tu fais là, petit crapaud? lance Émilie.

Et, sans que Croa ait le temps de répondre, Émilie l'attrape par le cou et l'embrasse sur le nez. Croa est sous le choc. Il ne bouge pas d'un poil.

— Tu ne te transformes pas en prince? Tant pis! Tu seras mon ami, lui dit Émilie.

Alors, tel un ouragan, Émilie sort de sa chambre en criant :

— Maman, maman ! Regarde, j'ai un nouveau copain !

Et bang ! La porte se referme. Jojo est sans voix. Jamais elle n'a vu de bête aussi étrange : de longs poils blonds attachés de chaque côté de la tête, une minuscule bouche remplie de dents blanches et seulement deux yeux !

Chapitre 6

«J'ai trouvé le livre qu'il me faut ! songe Jojo. Quand les Zôs l'auront vu, ils seront tous convaincus ! Vivre ici, c'est le paradis ! Mais, en attendant, j'ai perdu mon crapaud ! »

Même s'il n'est pas toujours rigolo, même s'il boude et s'il ronchonne souvent, c'est son crapaud ! Elle refuse de partir sans lui.

Jojo se lève et entrouvre la porte rose. Prudemment, elle regarde à droite, à gauche, en haut, puis en bas. Aucune bête à l'horizon.

Jojo entend la voix d'Émilie à l'étage du dessous. Rassemblant tout son courage,

elle prend une profonde inspiration et sort de la chambre. Une à une, elle descend les marches du grand escalier.

Au fur et à mesure qu'elle se déplace, son corps se teinte des couleurs qui l'entourent. Si elle avance lentement et qu'elle se concentre, Jojo est invisible.

Sur le mur, le long de l'escalier, des quantités d'images sont affichées. Jojo peut y voir des bêtes semblables à Émilie. Certaines sont plus petites ; d'autres, plus grandes. Sur leur tête, quelques-unes ont des poils courts et d'autres en ont de très longs.

« C'est rigolo », pense Jojo. Il y en a même une qui a des tas de poils juste sous le nez ! »

En y regardant de plus près, Jojo remarque que certaines bêtes sont ratatinées. « Eh oui ! Elles sont restées trop longtemps dans l'eau. Elles devront muer », conclut Jojo en examinant les rides de leur peau. Puis, sur une des images, elle reconnaît Émilie. « Ça y est, j'ai compris ! Ce sont des images de sa famille… »

Jojo continue sa descente, toujours aussi absorbée par ce qu'elle voit. Elle est si fascinée qu'elle en oublie de se concentrer. Adieu le camouflage !

Au moment où elle passe devant un grand miroir, elle aperçoit très nettement son reflet. Elle sursaute : « Je dois me ressaisir. Ce n'est pas le temps de s'amuser ! Mon pauvre crapaud est prisonnier. Je dois vite le retrouver et le délivrer. »

De nouveau concentrée, elle se fond dans le décor. Arrivée à la dernière marche, elle croise Antoine, le petit frère d'Émilie :

— Ce n'est pas juste, bougonne-t-il. Moi aussi, je veux un crapaud !

Jojo se fige, telle une statue, afin d'être la plus invisible possible. Antoine s'arrête et crie :

— Allez, Spok ! Viens, mon chien. On part à la chasse au crapaud. On va montrer à ma sœur qu'on peut, nous aussi, en trouver un…

Jojo, morte de peur, a ses trois yeux braqués sur Antoine. Par chance, lui ne la voit pas.

— Spok ! Tu viens ? répète Antoine.

Un gros chien couvert de poils jaunes arrive. Comme un fou, il se dandine, saute un peu partout. Puis, à la hauteur de Jojo, il s'arrête net. Sa grosse truffe humide renifle dans sa direction. Et, soudain, il

pousse un puissant hurlement.

— Ça ne va pas, Spok ? Tu as perdu la raison, mon pauvre ! lui lance Antoine.

Jojo, affolée, remonte les marches quatre à quatre jusqu'à la chambre d'Émilie. De son côté, Antoine traîne de force son chien dehors.

Près de la fenêtre, Jojo observe discrètement Antoine qui essaie de calmer son chien. Il le cajole et le gratouille derrière les oreilles, mais rien n'y fait !

Spok aboie toujours en direction de la fenêtre.

— Qu'est-ce qui t'arrive, Spok ? demande Antoine. On dirait que tu as vu un extraterrestre !

Chapitre 7

Le soleil se couche enfin. Croa est épuisé !
Émilie ne l'a pas lâché une seconde.
Après avoir joué au « crapaud-cirque »,
au « crapaud-saute-dans-l'eau » et au
« crapaud-poupée », Croa n'a qu'une
envie : dormir.

Jojo, toujours aussi rose, attend dans
la chambre d'Émilie. Finalement, Émilie
revient avec Croa, enfermé dans
une cage. Croa reprend courage quand il aperçoit Jojo.
Elle lui fait signe de se taire
et d'attendre.

Émilie pose la cage près
de la fenêtre. Elle met son

pyjama et part se brosser les dents.

Pendant ce temps, Jojo tente de libérer Croa. Émilie est aussitôt de retour. Surprise, Jojo se jette à plat ventre sur la moquette rose et ne bouge plus. Ainsi camouflée, elle n'ose même plus respirer.

Émilie croit avoir entendu quelque chose. Elle balaie la pièce du regard, mais ne voit rien. Elle s'approche de la cage, l'ouvre et tapote la tête de Croa.

— Bonne nuit, mon petit crapaud chéri !

Et, d'un bond, Émilie saute dans son lit. Malgré la noirceur, elle garde les yeux grands ouverts. Elle ne bouge plus et tend l'oreille.

Jojo, sur la pointe des pieds, tente de récupérer Croa quand, clic ! Émilie allume la lampe. Jojo devient entièrement visible. Pétrifiées, Émilie et Jojo se regardent droit dans les yeux.

Aucune n'arrive à émettre un son.

Après un moment d'hésitation, Jojo établit une forme de communication. D'un doigt, elle montre Croa, puis place son autre main sur son cœur. Émilie lui sourit, elle a compris.

Alors, Jojo récupère son crapaud et le met dans la poche de sa combinaison. Puis elle tend à Émilie le livre qu'elle lui a pris. Émilie lui fait comprendre qu'elle peut le garder.

À la manière des Zôs, Jojo la remercie. Elle incline la tête sur le côté et fait bouger ses petites oreilles. Émilie éclate de rire. Heureuse, Jojo lui dit :

— Je te remercie ! Je reviendrai très bientôt avec mon peuple et nous serons tous tes amis.

Émilie la regarde et continue de sourire. Cette fois-ci, elle n'a rien saisi ! Et elle est loin de se douter que des extra-terrestres vont bientôt débarquer sur sa planète par milliers…

C'est le départ. Jojo et Croa sortent par la fenêtre puis retournent dans leur vaisseau spatial.

Chapitre 8

— Mission accomplie ! lance Jojo à Croa. Avec ce livre, nous convaincrons les Zôs de venir s'installer ici. C'est vraiment l'endroit rêvé ! Le plus difficile sera d'organiser le déménagement mais, en attendant, il faut vite retourner sur Akoua !

En une fraction de seconde, ils disparaissent dans la nuit étoilée.

Pouf ! Le vaisseau de Jojo réapparaît à son point de départ. Arrivée à la maison, Jojo gare son vaisseau dans le garage. Ses parents sont au salon et l'attendent de pied ferme.

— Allons, viens, Croa. Ils nous

applaudiront, tu verras… annonce gaie-
ment Jojo à son crapaud qui, lui, tremble
de peur.

— Où étiez-vous passés ? demande
le père de Jojo, très fâché. Ta mère et moi
étions affreusement inquiets, tu sais ? Tu
ne peux pas partir ainsi !

— Tu n'es pas raisonnable, ma fille ! enchaîne sa mère. Qu'est-ce que tu nous as inventé cette fois ? Et regarde-toi ! Tu es encore toute ratatinée. Tu dois penser à ta santé ! C'est important de muer…

— Justement ! l'interrompt Jojo. J'ai trouvé une planète très chouette, où l'on

peut vivre sans être obligé de muer. La moitié du temps sur la terre, l'autre dans l'eau. Finis les problèmes de peau !

— C'est quoi, cette histoire de fous, mademoiselle Je-sais-tout ? rétorque son père. Comment crois-tu nous faire avaler de pareilles salades ?

— Je vous en prie, calmez-vous ! Je vais tout vous raconter, dit Jojo, surexcitée.

Alors elle leur parle du désert, de l'océan et de sa nouvelle amie Émilie… Elle ne leur épargne aucun détail de son périple. Croa, silencieux, reste caché derrière Jojo. Il n'ose pas se montrer le bout du museau, de peur de se faire gronder.

Après de longues explications, Jojo est épuisée. À bout de souffle, elle ajoute :

— Je vois bien que vous ne me croyez pas, mais j'ai une preuve.

Elle retourne au garage chercher le livre dans son vaisseau.

Parce qu'il a trempé dans l'eau durant le voyage, ses pages sont déchiquetées. Sans voix et les mains vides, elle ne veut plus revenir au salon. C'est fichu. Son projet tombe à l'eau…

Les jours, les semaines, les mois passent. La routine reprend son cours puis, trois cent vingt-huit jours plus tard, c'est le moment de muer.

Les Zôs, à bord de leur vaisseau, attendent le signal du départ : trois, deux, un, c'est parti ! Ils décollent en direction de la planète Mûta.

Jojo est, elle aussi, dans son vaisseau. Avec un sourire espiègle, elle appuie sur un gros bouton rouge. Et zip ! tous les vaisseaux changent de trajectoire, pour ensuite disparaître des écrans radars.

— Attention, nous voilà ! À nous la planète Jojo, mon Croa !

Table des matières

Achevé d'imprimer en février 2006
sur les presses de l'imprimerie Gauvin,
Gatineau, Québec